Zoé Darwin
Illustré par Myrtille Tournefeuille

Le Club du ZOO

Gaja a besoin d'aide

Larousse Jeunesse

Rebecca

Âge : 11 ans

Classe : 6^e^

Père : soigneur au secteur félins

Animaux préférés : sans hésiter, les oiseaux ! Possède un perroquet qui s'appelle Iago

Qualités : pleine d'audace, d'idées et d'énergie

Défauts : un peu trop pleine d'énergie justement ! Parfois brusque, aime bien foncer tête baissée

Théo

Âge : 11 ans

Classe : 6^e^

Père : responsable du secteur aquatique

Animaux préférés : tous ceux qui vivent dans l'eau !

Qualités : calme, réfléchi, courageux

Défauts : a tendance à se laisser entraîner dans les folles aventures de Rebecca !

Min-ah

Âge : 10 ans

Classe : 6e

Mère : soigneuse au secteur oiseaux exotiques

Animaux préférés : les félins. Sa chatte norvégienne, Taïga, est un des animaux domestiques les plus câlinés de la Terre !

Qualités : intelligente, curieuse, passionnée

Défauts : si timide que c'en est presque une maladie !

Samuel

Âge : 13 ans

Classe : 4e

Père : soigneur au secteur éléphants

Animaux préférés : pas vraiment passionné par les animaux, mais aime bien l'atmosphère du zoo

Qualités : généreux, toujours prêt à rendre service

Défauts : il est le plus grand de la bande, mais pas toujours le plus courageux !

Bienvenue au zoo de l'Arche !

Ce zoo est la deuxième maison de Rebecca, Min-ah, Théo et Samuel. Ils le connaissent comme leur poche car ils viennent souvent y retrouver leurs parents.

Le zoo de l'Arche est immense ! Les soigneurs et jardiniers prennent soin de toutes sortes de végétaux et de cinq mille animaux. Très engagé dans la protection des espèces en voie de disparition, le zoo accueille gorilles, cacatoès, pandas, tigres, koalas, éléphants, tortues marines... et met tout en œuvre pour favoriser leur conservation.

Chapitre 1

– Allez Iago, un petit effort ! Iago ! Tu m'écoutes ?

Mon perroquet lève sa tête grise pour regarder en l'air et se balance de droite à gauche.

Je fronce les sourcils. Depuis quelque temps, Iago n'est plus aussi amusant qu'avant. Quand il était plus jeune, il faisait le clown sans arrêt et il adorait apprendre des tours ou de nouveaux mots. Mais ces dernières semaines, il ne

m'écoute plus du tout ! Aujourd'hui, il fait même comme si je n'étais pas là !

Je prends une graine de tournesol dans la boîte en fer où je range ses friandises. Mais quand je la lui tends, il me tourne le dos et commence à nettoyer ses plumes.

– Oh, tu m'énerves ! je dis. Puisque c'est comme ça, tant pis pour toi !

Je remets la graine dans la boîte et je m'assois sur mon lit avec un soupir. Iago est un perroquet gris du Gabon. Mes parents me l'ont offert pour mes neuf ans. C'est à la fois mon meilleur ami et un membre de ma famille. Il faut dire que les animaux, c'est la passion de tout le monde à la maison. Mon père est soigneur au zoo de l'Arche. Il travaille dans le secteur des félins. Ma mère, elle, est professeur d'éthologie à l'université. L'éthologie est une science qui étudie le comportement des animaux.

Alors, c'est normal que moi aussi, je sois fan de bêtes à plumes et à poils ! Ce sont les oiseaux que je préfère et j'étais super heureuse quand j'ai eu Iago.

En plus, les gris du Gabon sont très intelligents. Ce sont les perroquets les plus doués pour parler. Je suis fière de présenter Iago à des gens et de leur montrer tout ce qu'il est capable de comprendre. Lui aussi a toujours l'air content de faire des choses avec moi, comme compter ou exécuter des petits tours. Enfin, c'est ce que je croyais…

Mon téléphone vibre. C'est un message de Min-ah, ma meilleure amie avec

Théo et Samuel. Elle me demande à quelle heure je compte arriver au zoo. Mes amis aussi sont des passionnés d'animaux. Ils ont chacun un parent qui travaille au zoo de l'Arche, donc on y passe beaucoup de temps ensemble.

Je jette un coup d'œil à Iago. Il m'ignore encore une fois, et je ne peux pas m'empêcher d'être un peu triste et inquiète. Est-ce qu'il ne m'aime plus ?

– Puisque tu continues de faire la tête, je m'en vais ! j'annonce.

Je réponds à Min-ah que j'arrive et j'attrape mes affaires.

Ma mère est dans le salon quand je descends. On est dimanche, aujourd'hui. Le canapé et la table sont couverts de copies qu'elle est en train de corriger avec un stylo rouge.

Même quand elle n'est pas à l'université, ma mère travaille. Être professeur, ce serait trop fatigant pour moi. Je préfère passer du temps avec des animaux comme mon père.

– Où tu vas ? me demande-t-elle en me voyant.

– Au zoo. Min-ah, Théo et Samuel m'attendent.

Ma mère fronce les sourcils.

– Tu as fini tes devoirs ?

Il me reste encore deux exercices de maths et un poème à apprendre.

Je me dépêche d'attraper ma veste et de foncer vers la porte d'entrée.

– À plus tard ! je crie.

– Sois là avant six heures ! Et fais tes devoirs au zoo, au moins ! répond ma mère.

Mais je cours déjà vers l'arrêt de bus, impatiente de rejoindre mes amis et de rendre visite à mes animaux préférés !

Chapitre 2

Mes amis m'écoutent parler de la mauvaise attitude de Iago pendant qu'on marche dans les allées du zoo.

– C'est bizarre qu'il se conduise comme ça, dit Min-ah. Tu ne crois pas qu'il pourrait être malade ?

– C'est vrai, les animaux changent parfois de comportement quand ils ne se sentent pas bien. Tu devrais l'emmener chez le vétérinaire, confirme Théo.

Je m'arrête sur le pont en bois qui passe par-dessus l'enclos des loups pour les regarder jouer.

– Non, je crois pas, je dis. Il mange bien et, à part son sale caractère, il est complètement normal.

– Qu'est-ce que tu en sais ? Tu ne le vois jamais, intervient Samuel.

Il s'assoit par terre, les yeux fixés sur son portable. Je suis sûre qu'il regarde des vidéos. Même quand il est avec nous, Samuel est tout le temps plongé dans un livre ou en train de consulter

son téléphone. Ça m'agace un peu, parce que ça donne l'impression qu'il n'écoute pas quand on parle.

Mais je ne peux pas le gronder, parce qu'en fait, Samuel est juste très doué pour faire deux choses en même temps.

– C'est pas vrai ! Je passe plein de temps avec Iago ! je m'écrie.

– Toi, Min-ah et Théo, vous êtes sans arrêt au zoo. Vous y allez juste après le collège et tous les week-ends, réplique Samuel. Ça ne m'étonne pas qu'il débloque, ton perroquet : il est seul toute la journée.

Je me sens devenir rouge de colère. C'est vrai qu'il s'est passé plein de choses au zoo ces derniers mois. Du coup, je suis moins à la maison. Mais je m'occupe quand même beaucoup de Iago !

Min-ah et Théo ont l'air mal à l'aise. Théo donne un léger coup de pied dans les côtes de Samuel.

– Arrête ! lui souffle-t-il.

Samuel hausse les épaules et recommence à regarder son téléphone.

– Iago est le perroquet le plus gâté de la Terre ! je m'écrie. Il n'est pas malade et il s'amuse tous les jours. Il est seulement un peu capricieux !

– D'accord, si tu le dis, répond Samuel.

Min-ah nous regarde tour à tour, paniquée. Elle a horreur qu'on se dispute.

– J-je suis s-sûre que Samuel ne voulait pas dire que tu t'occupes m-mal de Iago, bégaye-t-elle. T-tout le monde sait que tu l'adores et…

Soudain, elle se tait. Elle regarde quelque chose par-dessus mon épaule.

– Qu'est-ce qui se passe là-bas ? C'est bizarre… intervient Théo.

Entendant des cris, je me retourne. L'enclos des loups est très grand mais, au loin, on aperçoit les enclos des éléphants d'Asie. Il y en a deux : d'un côté, un groupe de cinq éléphants, et de l'autre, une éléphante seule. Elle s'appelle Gaja. On a dû la séparer des autres parce qu'elle n'arrêtait pas de se bagarrer avec eux. Ça me fait de la peine de la voir sans ses amis, mais ses soigneurs n'ont pas eu le choix. C'était trop dangereux.

En fait, ce ne sont pas les éléphants qui ont attiré notre attention. Ce sont les visiteurs qui se trouvent entre les deux enclos.

Des visiteurs qui courent en poussant des cris.

– Qu'est-ce qu'ils font ? je demande, étonnée.

– Je ne sais pas, mais ça a l'air grave. Allons voir ! propose Théo.

J'attrape Samuel par le bras pour le mettre debout et nous nous précipitons en direction du remue-ménage.

– Pourquoi je dois venir aussi ? râle Samuel en traînant les pieds.

Il est fainéant et il prétend toujours que rien ne l'intéresse. Mais je suis sûre qu'au fond, il est aussi curieux que nous.

– Le secteur des éléphants est celui de ton père, ça te regarde ! je dis.

– Et puis, ça nous évitera de devoir tout te raconter plus tard, intervient Théo.

Je suis bien d'accord avec lui. D'ailleurs, même si Samuel proteste, il court

avec nous. Il a deux ans de plus que moi et s'il voulait s'arrêter, je ne pourrais pas l'empêcher !

Mais je suis trop inquiète pour continuer à me disputer avec lui. Il faut vite voir ce qui se passe : j'espère que ce n'est rien de grave !

Chapitre 3

En s'approchant, il devient évident que le problème est du côté de Gaja. L'éléphante fait de grands mouvements avec sa trompe et, chaque fois, les gens autour de son enclos s'agitent et crient.

– Qu'est-ce qu'elle fait ? demande Samuel.

Je plisse les yeux.

– On dirait qu'elle fait une danse bizarre…

Ce n'est qu'en arrivant près de l'enclos que je comprends de quoi il s'agit.

Gaja attrape des fruits, des pierres et des bâtons... tout ce qui lui tombe sous la trompe, elle le lance sur les visiteurs !

Le père de Samuel est déjà là, accompagné d'une autre soigneuse du secteur. Il agite les bras et fait reculer les gens.

– Ne vous approchez pas ! Reculez ! crie-t-il. C'est dangereux !

– Pourquoi ils ne la rentrent pas dans sa loge ? demande Min-ah.

Théo désigne du menton le bâtiment situé à quelques dizaines de mètres de l'éléphant. Je remarque alors qu'il est ouvert et que quelqu'un a jeté de la nourriture devant pour l'encourager à se diriger à l'intérieur.

– Regarde, ils essayent. Mais si Gaja ne veut pas rentrer, on ne peut pas l'y obliger. Et je n'ai même pas l'impression

qu'elle se rende compte que la porte est ouverte.

L'éléphante, furieuse, ne cesse de lancer des projectiles. La foule s'est écartée, mais la plupart des visiteurs continuent de la regarder. Certains d'entre eux rient maintenant qu'ils sont hors de portée. Beaucoup prennent des photos ou des vidéos. J'aimerais qu'ils arrêtent : s'ils les montrent à d'autres gens, on va se moquer d'elle ou penser qu'elle est méchante. Mais Gaja est au zoo depuis quatre ans, et même si elle ne s'entend pas avec les autres éléphants, elle est très gentille avec les humains. Elle adore le père de Samuel, qui lui a appris à donner les pattes, à se laisser toucher les oreilles ou à souffler avec sa trompe sur commande pour que les vétérinaires puissent l'examiner facilement. Quand elle est dans sa loge, moi et mes amis allons souvent la caresser à travers les barreaux et elle a toujours l'air contente de nous voir.

– Ah, je savais que cette éléphante n'était pas normale, marmonne Samuel.

– Qu'est-ce que tu racontes ? je demande, indignée. Gaja est très mignonne !

– Je ne dis pas ça pour la critiquer, répond Samuel, ennuyé. Je passe souvent devant son enclos quand je rejoins mon père avant de rentrer à la maison et ça fait un moment que je la trouve bizarre. Elle se balance d'avant en arrière et elle reste là sans rien faire… Je ne m'y connais pas spécialement en éléphants, mais même moi je vois qu'elle ne se comporte pas comme les cinq autres.

Pensive, j'examine les éléphants dans l'enclos d'en face. Deux d'entre eux pataugent dans leur bassin pendant qu'une troisième se frotte contre un arbre. Les deux derniers mangent du foin côte à côte.

Avant aujourd'hui, je n'y avais jamais prêté attention, mais je n'arrive pas à me souvenir de la dernière fois que j'ai vu Gaja faire toutes ces choses. Je suis horrifiée. Ça fait presque un an qu'elle vit seule dans son enclos, alors... est-ce qu'elle va mal depuis tout ce temps sans que personne ne s'en rende compte ?

Maintenant que les visiteurs sont à l'abri, le père de Samuel et l'autre soigneuse appellent Gaja et s'agitent devant son enclos pour l'encourager à rejoindre son bâtiment.

Le temps qu'ils y parviennent, la foule s'est dispersée. Le père de Samuel appelle Doc, la vétérinaire du zoo, pour qu'elle vienne examiner l'éléphante. Avec l'autre soigneuse du secteur, ils disparaissent tous les trois à l'intérieur du bâtiment.

– Qu'est-ce qu'on fait ? demande Min-ah. On va dans la volière voir les oiseaux ?

Je secoue négativement la tête.

– Non, on reste là ! j'annonce.

– Pour quoi faire ? demande Samuel.

– Pour savoir ce qui arrive à Gaja et l'aider, évidemment ! je dis.

– Comment ? Tu es psychologue pour éléphants, maintenant ? insiste-t-il.

Parfois, Samuel m'énerve. J'ai onze ans, alors il me parle comme si j'étais stupide. Il n'a que deux ans de plus que moi !

– Ah ah, très drôle ! Non, mais ça ne veut pas dire qu'on ne peut rien faire. Pas vrai ?

Je regarde Théo et Min-ah. Ils hochent la tête sans conviction. En vérité, moi non plus je ne sais pas comment aider Gaja, mais je suis sûre que je vais finir par trouver une idée.

Si Gaja attaque des gens, c'est qu'elle souffre et il n'est pas question que je laisse un animal de notre zoo comme ça ! Je trouverai un moyen pour qu'elle se sente mieux !

Chapitre 4

Le père de Samuel disparaît dans le bâtiment des éléphants avec Doc pendant un long moment. Quand ils ressortent, mes amis et moi allons les voir.

– Qu'est-ce qui ne va pas avec Gaja ? demande Théo. Elle est malade ?

Doc soupire.

– Elle est stressée et elle s'ennuie. Les éléphants sont faits pour vivre en groupe. Faire des choses avec leurs amis et élever des bébés éléphants représente une partie importante de leur vie. Sans ça, il est difficile de les distraire.

Je jette un coup d'œil au groupe d'éléphants dans le second enclos.

– On ne peut pas la remettre avec les autres ? Peut-être qu'ils ne se disputeront plus ?

– Non, dit le père de Samuel. Elle s'est battue plusieurs fois avec eux... et on ne parle pas de « mémoire d'éléphant » pour rien ! Un éléphant se souvient de tous ceux qu'il a rencontrés... alors quand il s'est battu avec eux, il s'en souvient aussi.

– C'est vrai ? demande Théo, intrigué.

– J'ai entendu parler de deux éléphants qui avaient passé quelques mois dans un cirque ensemble vingt-trois ans plus tôt et qui se sont immédiatement reconnus en se revoyant, répond Doc. Il est tout à fait certain que nos éléphants se souviendront de leurs bagarres avec Gaja. Et ce sont de gros animaux, quand ils se battent, c'est très dangereux. On a de la chance de ne pas avoir eu de blessures graves jusqu'ici.

– Mais on ne peut pas laisser Gaja comme ça ! s'écrie Min-ah. Peut-être qu'on peut lui trouver un autre ami, comme un rhinocéros…

– Oh oui, ou un hippopotame ! dit Théo.

Le père de Samuel a l'air amusé par nos suggestions.

– Ce n'est pas si simple, ce type d'animaux s'entendent rarement entre eux. Et s'ils se battent…

– Ce sera très dangereux aussi, c'est ça ? je dis.

Je croise les bras et je réfléchis le plus vite que je peux. Le problème n'est pas

simple, mais je refuse d'abandonner comme ça.

– Et des enrichissements ? je propose. On pourrait lui trouver des jouets pour l'occuper !

– Ce serait une bonne solution, dit Doc. Ça aiderait sûrement de la stimuler. Mais il faut quelque chose de solide, qui l'intéresse et qu'elle ne fera pas disparaître en trois secondes.

Je comprends que ce ne sera pas facile à trouver, mais je suis trop contente d'avoir une piste pour me laisser décourager.

Est-ce qu'on pourrait essayer une énorme peluche d'éléphant ? Ou un ballon géant ?

Je connais un garçon au collège qui a un lapin. Pour l'occuper, il lui donne du foin coincé dans le tube en carton qu'on trouve dans les rouleaux de papier toilette. Gaja mange du foin, elle aussi. Je me demande si on peut trouver un rouleau en carton assez grand pour elle.

– J'ai déjà plein d'idées, comptez sur nous ! je dis.

Le père de Samuel sourit.

– C'est gentil de vouloir l'aider. En tout cas, il faudra trouver une solution bientôt. On ne peut pas laisser Gaja aller dans l'enclos extérieur si elle lance des choses sur les visiteurs. Heureusement, elle n'a touché personne aujourd'hui, mais elle aurait pu blesser quelqu'un. Je ne sais pas ce qu'on va pouvoir faire d'elle… aucun autre zoo ne voudra d'un éléphant qui ne s'entend pas avec ses congénères.

– Ne vous en faites pas, Monsieur. Nous quatre, on trouve toujours comment aider les animaux en détresse ! je me vante.

– Oui. On va remonter le moral de Gaja en un rien de temps. Pas vrai, Min-ah ? ajoute Théo.

Min-ah n'en semble pas aussi sûre que nous. Elle fait un sourire un peu forcé et hoche la tête.

– Allez, en avant ! On va faire une liste de nos idées ! je m'exclame en attrapant la manche de Samuel pour le tirer derrière moi.

– Je suis encore obligé de venir ? s'écrie-t-il. Et mes devoirs ?

– Oh, arrête de te plaindre ! Est-ce qu'on fait nos devoirs, nous ? je demande.

Théo nous suit, les mains dans les poches.

– En fait, moi j'ai déjà terminé les miens, dit-il.

– Moi aussi, souffle Min-ah en nous rattrapant.

Ces espèces de traîtres !

Samuel me lance un regard noir, mais je fais semblant de n'avoir rien vu.

Aider Gaja est plus important qu'un devoir pour le collège !

Chapitre 5

Je m'étire en bâillant avant de lire le nouveau message sur mon téléphone.

Min-ah m'a envoyé un article sur un zoo qui a construit une énorme boîte remplie de fruits. L'éléphant ne peut pas voir ce qu'il y a à l'intérieur, mais il doit les attraper avec sa trompe pour les manger et ça fait comme un jeu.

Je trouve que ça a l'air amusant. Je l'écris sur la liste.

Mes amis et moi avons passé la journée à écrire les jouets et les activités auxquels on a pensé pour occuper Gaja. On va apporter nos idées demain au père de Samuel pour voir s'il est d'accord pour les essayer.

Je tourne la tête vers la volière de Iago. Le perroquet se nettoie les plumes avec son bec. Comme tous les jours, j'ai ouvert la porte de la cage en arrivant, mais il n'est pas sorti.

– Hé, Iago ! Comment tu vas ? Tu as fait quoi, aujourd'hui ? je demande.

Il ne me répond pas. Je me lève, mais quand je m'approche, il me tourne le dos.

Clairement, il boude.

– Pff... tu parles qu'il se sent seul ! je marmonne. Ce perroquet a juste mauvais caractère.

Quelqu'un frappe à la porte et ma mère passe la tête dans ma chambre.

– C'est l'heure de se coucher. Tu as fait tes devoirs ? demande-t-elle.

Je me crispe. J'ai passé tellement de temps à réfléchir aux aliments préférés des éléphants et à tous les objets avec lesquels ils peuvent jouer que j'ai complètement oublié mes exercices de maths et mon poème !

– Oui, je les ai terminés au zoo, je mens.

Je suis sûre que je peux tout terminer avant de m'endormir. Je ne suis pas aussi bonne à l'école que Min-ah, mais ça n'est pas si compliqué…

– Je dois juste préparer mes affaires pour demain. Je me couche tout de suite après !

– Alors dépêche-toi ! Lumières éteintes dans cinq minutes ! me dit ma mère.

Elle me souhaite une bonne nuit et referme la porte. Mais alors que je m'apprête à me précipiter sur mon manuel de maths, je baisse les yeux vers le fond de la volière de Iago.

Il y a beaucoup de plumes par terre.

Beaucoup plus qu'il ne devrait y en avoir.

Une boule d'angoisse se forme dans ma gorge. Est-ce que mes amis avaient raison ?

Est-ce que Iago est malade et que je ne m'en suis pas rendu compte ?

Je passe le bras dans la volière pour le caresser. Iago tourne la tête et me donne un coup de bec.

Je pousse un petit cri en retirant brusquement la main. La peau est rouge à l'endroit où il m'a pincée.

– Aïe ! Tu m'as fait mal ! je m'écrie.

Mais Iago s'est remis à se laver et il ne me regarde même pas. C'est la première fois qu'il m'attaque. Est-ce qu'il est fâché ? Ou alors est-ce qu'il a vraiment quelque chose qui ne va pas ?

Je sors en courant de ma chambre. Il faut qu'on emmène Iago chez le vétérinaire tout de suite !

Quand j'arrive dans le salon, mes parents sont en train de regarder la télévision.

– Rebecca ? Qu'est-ce qu'il se passe ? demande mon père.

– Iago m'a pincée ! Il perd ses plumes et il ne joue pas. Je crois qu'il est malade !

Les larmes me montent aux yeux. J'ai très peur. Et si Iago allait mourir ?

Mes parents viennent examiner Iago.

– On va l'emmener chez le vétérinaire, me promet ma mère. Mais je pense que ça va aller. Il est peut-être juste déprimé à cause de sa mue.

– Oui, parfois, perdre leurs plumes peut les fatiguer ou leur faire un peu mal et les rendre grincheux, ajoute mon père. Ne t'en fais pas trop. Allez, au lit maintenant !

– On appellera le vétérinaire demain matin ?

– À l'ouverture du cabinet, promet ma mère. On ira dès que possible pour vérifier que tout va bien.

Un peu rassurée, je vais me coucher. Toutes ces émotions m'ont fatiguée.

Ce n'est qu'en m'habillant le lendemain matin que je me souviens de mes devoirs.

Je suis obligée de faire les exercices de maths dans le bus et j'oublie la moitié du poème au moment de le réciter au tableau.

Tout ça, c'est trop stressant. La prochaine fois, c'est juré, je travaillerai avant d'aller à zoo !

Chapitre 6

– J'espère que ça va aller pour Iago, s'inquiète Théo. Vous avez rendez-vous chez le vétérinaire quand ?

– Dans cinq jours, je dis.

Min-ah ouvre de grands yeux.

– Dans si longtemps que ça ? Quand Taïga ne va pas bien, on l'emmène tout de suite.

Je mets un moment à répondre, occupée à déplacer mon seau rempli d'eau et de fruits jusqu'au congélateur géant des cuisines du zoo. Le père de Samuel nous a autorisés à préparer ces « glaces » pour Gaja. Comme elle n'en a jamais eu et que ça sera sûrement difficile à manger pour elle, j'espère qu'elles vont l'occuper un petit moment.

Je pose enfin mon seau dans le congélateur. Aussitôt, je bondis en arrière. J'ai renversé de l'eau sur mes pieds et mes chaussettes sont toutes mouillées. C'est très désagréable.

– C'est parce que Iago est un perroquet, j'explique. Il voit un spécialiste des oiseaux. N'importe quel vétérinaire peut soigner un chat parce que plein de gens en ont. Du coup, tu as plus facilement un rendez-vous tout de suite. Et puis, ce qu'a Iago n'est pas une urgence donc il passe après les oiseaux qui vont très mal.

Mes deux amis terminent à leur tour de remplir leurs seaux et les apportent dans le congélateur. Samuel s'est sauvé dès que j'ai annoncé qu'on allait devoir préparer des choses dans la cuisine. Il n'aime pas faire des choses salissantes. Je suis sûre qu'il s'est caché dans la serre à papillons. Il aime bien se mettre là-bas pour lire ou pour faire ses devoirs tranquille.

Samuel est vraiment bizarre. Il adore rester seul pour lire au calme pendant des heures. Il n'a jamais l'air de s'ennuyer ou de vouloir faire des choses fatigantes. Moi, quand je reste assise trop longtemps, j'ai envie de sauter partout et de crier le plus fort possible.

Théo referme le congélateur.

– Combien de temps vous pensez qu'il va falloir pour que ça gèle ?

– Un moment, je pense. Ça fait beaucoup d'eau, je dis.

Min-ah lisse ses cheveux noirs derrière ses oreilles et remet bien droites ses barrettes en forme de fleurs.

– Je ne suis pas sûre qu'on puisse les donner à Gaja aujourd'hui. Il faudrait qu'on fasse autre chose en attendant, dit-elle.

Je suis d'accord avec elle.

C'est déjà la fin de l'après-midi, mais aujourd'hui, Gaja n'est pas sortie. Le père de Samuel a dit qu'il la laisserait faire un tour une fois les visiteurs partis. Ce serait trop cruel de l'enfermer dans le bâtiment tout le temps alors que les autres éléphants sont dehors à profiter du soleil et de l'air frais.

Je me demande si Gaja regrette d'avoir aussi mauvais caractère.

– En attendant, on peut rendre son enclos plus distrayant, je propose.

Comme d'habitude, Samuel a fait semblant de ne pas s'intéresser aux animaux du zoo. Mais ce matin, il m'a envoyé un lien vers un article qui parlait d'étaler du beurre de cacahuète dans différents endroits pour que l'éléphant le cherche et le lèche. Il a dit qu'il était tombé dessus par hasard, mais je suis sûre qu'il raconte des histoires.

– On ne peut pas aller dans son enclos comme ça, dit Théo. Il faut qu'un soigneur nous accompagne.

– Tu as raison, j'admets. Allons demander au père de Samuel s'il peut venir avec nous. Et aussi s'il a trouvé les objets dont on a besoin.

On a fait une liste de choses avec lesquelles un éléphant pourrait jouer, comme un pneu de voiture ou un de ces ballons sauteurs géants sur lesquels les enfants s'asseyent. J'en avais un quand j'étais petite et je l'adorais. Gaja pourrait s'en servir comme ballon de football !

Le père de Samuel est trop occupé pour nous accompagner, mais il veut bien tester notre idée. Il nous dit que l'un des stagiaires du zoo a déniché un vieux pneu quelque part et qu'il va l'apporter et nous aider à préparer l'enclos.

On passe une heure à tout mettre en place. Je trouve qu'on a fait du bon travail. On a mis des fruits, du beurre de cacahuète et du foin en hauteur ou dans des endroits difficiles à atteindre. Le stagiaire a même coincé du foin dans le trou du pneu et accroché une banane à un fil suspendu dans un arbre.

Je pense que Gaja sera très surprise de découvrir toutes les améliorations apportées à son enclos.

À la fin de la journée, on laisse l'éléphante sortir.

Au moment où elle découvre son enclos, je suis sûre que notre plan va fonctionner. Elle renifle et examine plusieurs choses, l'air intrigué. Elle attrape du foin et des fruits pour les manger.

Mais au bout de quelques minutes, elle s'immobilise et se remet à se balancer d'avant en arrière.

– Oh non ! s'écrie Min-ah. Je pensais que ça avait marché !

Moi aussi, je suis déçue.

– Ce n'est pas grave, je dis. Il faudra juste qu'on essaye autre chose. On finira par trouver ce qui l'intéresse. Il faut être patients, c'est tout.

Quoi qu'il arrive, je ne peux pas abandonner ! Peut-être que les glaçons aux fruits auront plus de succès…

Chapitre 7

Gaja ne s'intéresse pas aux glaçons aux fruits. Ni aux ballons. Ni aux peluches. Ni aux troncs d'arbres.

Gaja ne s'intéresse à rien plus de quelques minutes.

Je pousse un soupir. Même moi, je suis plutôt découragée. Ma mère me jette un coup d'œil avant de reporter son attention sur la route.

– Qu'est-ce qu'il y a ? demande-t-elle. Ne t'en fais pas trop pour Iago… je suis sûre qu'il n'a rien de grave. D'ailleurs, je trouve qu'il a déjà l'air d'aller mieux.

C'est vrai. Dans sa cage de voyage, Iago se colle aux barreaux pour regarder par la vitre de la voiture. Il fait aussi des tas de bruits et d'imitations : ma mère, la sonnerie de mon téléphone, mon réveil…

Ça fait des semaines qu'il n'a pas été aussi en forme.

Une fois dans la salle du vétérinaire, il est déchaîné. Il s'intéresse beaucoup à Yoda, la perruche du vétérinaire qui se promène librement dans le cabinet, et au cacatoès qu'une dame a amené avec elle.

Quand on entre dans son bureau, le vétérinaire rit et dit que les animaux sont rarement aussi contents de le voir.

VETO
CLINIQUE VETERINAIRE
IAGO

Il l'examine un moment et nous pose quelques questions avant de le remettre dans sa cage de voyage.

– Tout va bien. Il a perdu pas mal de plumes, mais il fait sans doute juste une grosse mue. C'est peut-être pour ça qu'il a eu un petit coup de blues. Perdre ses plumes, c'est fatigant.

– Tu vois ? me dit ma mère. Ce n'était rien du tout.

Le vétérinaire nous prescrit des vitamines et on ressort de son bureau au bout de quelques minutes. Il s'excuse de nous faire payer pour rien.

– Ce n'est pas grave. Nous préférons venir pour rien et être rassurées plutôt que de risquer de manquer quelque chose, lui répond ma mère. Pas vrai, Rebecca ?

Je hoche la tête. Mais je ne suis pas convaincue par l'explication du vétérinaire. Je suis sûre d'avoir vu Iago s'arracher des plumes exprès ces derniers jours et il a totalement changé d'attitude depuis qu'on est sortis de la maison. C'est presque un autre perroquet !

Je le regarde de près pendant tout le chemin du retour et il est surexcité. Ce n'est qu'une fois rentré dans la volière de ma chambre qu'il se tait.

Pensive, je l'observe encore un moment. Et si...

Quand mon père m'appelle pour le dîner, je fais monter Iago sur mon épaule et je l'emmène dans la cuisine.

– Qu'est-ce que tu fais avec ce perroquet ? On mange, dit ma mère.

Iago siffle et sautille de nouveau. Il est ravi.

– Je viens d'avoir une idée ! j'annonce.

– Une idée à propos de quoi ? demande mon père, curieux.

– De Gaja ! Je sais ce qu'il lui faut pour qu'elle se sente mieux !

– Ah, vraiment ? Qu'est-ce que c'est ? m'interroge ma mère.

J'indique mon perroquet du doigt. Il est en train de voleter d'un endroit à l'autre en faisant un bruit de moteur.

– Regardez Iago. Il était super déprimé dernièrement parce qu'il passait trop de temps dans ma chambre. Sortir lui a redonné le moral !

– Et donc ? demande mon père.

– Eh bien, c'est simple ! Gaja n'a plus d'amis pour se distraire et du coup, elle n'en peut plus de voir toujours les mêmes vieux endroits. Donc il faut qu'elle en sorte !

Mes parents me disent d'en parler avec le père de Samuel. Je vois bien qu'ils ne sont pas convaincus par mon idée géniale. Mais moi, je suis sûre que je tiens enfin la solution au problème de l'éléphante.

Gaja a besoin de faire des promenades.

Je sens que persuader le père de Samuel de tenter l'expérience ne va pas être facile, mais je compte bien appeler mes amis dès la fin du dîner. À nous quatre, on trouvera forcément le moyen de le convaincre !

Chapitre 8

– Et c'est pour ça qu'on devrait promener Gaja dans le zoo tous les jours, je conclus triomphalement.

Le père de Samuel et Doc m'écoutent. J'avais peur qu'ils trouvent mon idée ridicule et qu'ils ne me laissent pas m'expliquer jusqu'au bout. Mais ils ont l'air d'y réfléchir sérieusement.

– Je pense qu'elle a raison, intervient Samuel. Ça ne doit pas être drôle d'être toute seule toute la journée dans les

deux mêmes endroits. C'est normal que Gaja déprime.

Je suis plutôt surprise qu'il intervienne. Il a lu un manga pendant tout le temps où je parlais et j'avais l'impression qu'il ne m'écoutait pas.

Son père se tourne vers Doc.

– C'est un éléphant… c'est un gros animal. Tu penses que la sortir est possible ?

Doc retire ses lunettes pour les nettoyer. Elle fait souvent ça quand elle réfléchit.

– Ce serait génial, intervient Théo. Un éléphant qui traverserait le parc, ça ferait une super animation… je suis sûr que les visiteurs adoreraient la voir se promener.

– Oui, s'ils ne se font pas piétiner, dit Doc. C'est quand même dangereux et ça m'étonnerait que notre directrice soit d'accord.

Je fais la grimace. La directrice du zoo est gentille, mais je ne suis pas sûre qu'elle soit du genre à accepter l'opération « Gaja fait un petit tour » si facilement.

– Mais Gaja souffre ! j'insiste. Il faut qu'on l'aide.

Le père de Samuel soupire. Il jette un coup d'œil à l'enclos vide de Gaja à quelques mètres de nous. Dans celui d'en face, le groupe de cinq éléphants mange tranquillement du foin. Je trouve ça très injuste. C'est vrai que Gaja a mauvais caractère, mais ce n'est pas une raison pour qu'elle ait une vie triste.

– On peut toujours poser la question, dit-il finalement. Si notre directrice refuse, il faudra trouver autre chose. On pourrait essayer de la faire sortir à un moment où il n'y a pas de visiteurs pour voir comment elle réagit. Gaja ne s'entend pas bien avec les autres éléphants, mais elle est douce avec les humains.

– Si elle ne panique pas, objecte Doc.

– Si elle ne panique pas, répète le père de Samuel. Mais je suis d'accord avec les enfants : ça me fait mal au cœur de la laisser comme ça. On doit faire tout ce qu'on peut pour qu'elle aille mieux.

Doc grogne.

– Oh, d'accord. Allons voir madame la directrice pour lui en parler.

Je pousse un cri de victoire.

– Merci ! Je suis sûre que Gaja sera très sage ! je dis.

– On ne te promet rien. Je ne connais aucun zoo qui ait fait ce genre de choses et madame Duval va probablement refuser, me prévient le père de Samuel.

On attend tous les quatre à l'extérieur pendant que Doc et le père de Samuel entrent dans le bureau de la directrice.

– Vous pensez qu'ils arriveront à la convaincre ? je demande.

– Non, répond immédiatement Samuel. Aucune chance.

Je croise les bras, irritée.

– Pourquoi tu es venu avec nous, si c'est juste pour être négatif?

Il hausse les épaules et s'assoit par terre pour se remettre à lire.

Je regarde les flamants roses et les canards qui s'ébattent dans le lac devant nous. Eux sont en liberté tout le temps et ils ont l'air très heureux. En plus, ils ont plein d'amis et ils peuvent regarder les autres animaux du zoo.

J'aimerais que Gaja puisse faire un peu pareil. Ce n'est pas sa faute si elle pèse presque trois tonnes et qu'elle a de grosses pattes.

– Qu'est-ce qu'on va faire si madame Duval dit non ? demande Min-ah.

– Réfléchir à d'autres idées, répond Théo. Je ne sais pas… peut-être accrocher des fruits en hauteur dans des arbres pour qu'elle les attrape avec sa trompe ? Ou lui installer un miroir ?

– Un miroir ? je répète.

– Oh oui, j'ai vu une vidéo là-dessus sur Internet ! dit Min-ah avec excitation. Les éléphants se reconnaissent dans un miroir, comme les chimpanzés ou les dauphins.

Elle réfléchit un moment.

– On pourrait installer un immense miroir dans son enclos. Peut-être qu'elle se sentirait moins seule si elle se voyait.

Je plisse le nez. Je trouve ça vraiment triste comme idée, de se retrouver seule avec son reflet.

Mais quand Doc et le père de Samuel nous rejoignent, je vois tout de suite à leur tête que la directrice du zoo a dit non.

Je suis énervée et un peu découragée. Pourtant, je suis sûre que mon idée est bonne. Comment je peux aider Gaja si les adultes ne veulent pas essayer ?

Chapitre 9

– Rebecca ! Laisse cette histoire d'éléphant une seconde et viens mettre le couvert ! crie ma mère.

Je ferme l'ordinateur portable que je lui ai emprunté pour faire des recherches dans la véranda pendant que Iago regarde dehors par la vitre et vole d'une plante à l'autre.

– Allez viens, Iago. On va dans la cuisine.

Je tends le bras et, aussitôt, le perroquet se perche sur mon épaule.

– Rebeccaaaaa ! Rebeccaaaaa ! crie-t-il en imitant la voix de ma mère.

Je ris. Décidément, Iago va beaucoup mieux depuis qu'il sort plus de ma chambre… et je suis sûre qu'un peu d'espace fonctionnerait aussi bien pour Gaja !

– Papa… tu pourrais parler à madame Duval ? je demande quand il s'assoit à table.

– À quel sujet ?

– C'est encore pour cette éléphante, intervient ma mère. Rebecca fait des recherches là-dessus depuis des heures.

– Oh ?

– C'est vrai, j'admets. Tu savais qu'il y a des éléphants qui font de la peinture et qui jouent de l'harmonica pour s'occuper ?

–Vraiment? répond mon père, surpris. C'est impressionnant.

– Oui! Le problème, c'est que ce ne sont pas des comportements naturels donc ça n'est pas aussi bien que de se déplacer et de vivre avec d'autres éléphants. Je pense que les balades…

Ma mère remplit mon assiette.

– Tu m'as dit que la directrice du zoo avait refusé. C'est une belle idée, mais c'est à elle de prendre ce genre de décision. Et elle n'a pas tort : si quelque chose se passe mal, ça pourrait être grave.

Je ne peux pas dire le contraire, mais il doit bien y avoir un moyen d'y arriver…

Sur Internet, j'ai même trouvé des photos d'un éléphant qui se promène librement devant des hippopotames dans un enclos. Je suis sûre qu'elles ont été prises dans un zoo, mais le site n'était pas en français. J'ai envoyé le lien à tous mes amis, mais eux non plus n'ont rien compris.

Samuel n'a même pas répondu. Je sais qu'il a d'autres choses à faire, mais j'étais un peu déçue malgré tout. Pour moi, aider un animal en détresse est toujours plus important que tout le reste.

Profitant de mon inattention, Iago plonge vers la table et vole un pois chiche dans mon assiette avant d'aller se poser sur un placard. Mon père éclate de rire.

– En tout cas, en voilà un qui a trouvé comment s'occuper ! dit-il.

Je suis contente qu'il aille mieux. Je me promets de faire plus attention à lui

à l'avenir et de veiller à ce qu'il sorte de ma chambre tous les jours.

Le lendemain matin, au collège, Samuel vient dans notre classe pendant la pause. On est dans la même 6e, Minah, Théo et moi.

Il nous montre un site en langue étrangère sur son téléphone.

– L'éléphant qui se promène dans un zoo, c'est à Zurich, annonce-t-il.

– Où c'est, Zurich ? interroge Théo.

– En Suisse, répond Samuel.

– Comment tu as fait pour le savoir ? je demande.

Il hausse les épaules, l'air modeste.

– Je fais allemand première langue, alors ce n'était pas si difficile de trouver l'origine des photos. Enfin bref… ils ont un éléphant seul qu'ils font sortir de son enclos. J'ai envoyé un lien à mon père ce matin et il a dit qu'il les contacterait pour voir s'ils pouvaient nous aider avec Gaja.

– Ah, c'est génial ! je m'écrie.

Je suis tellement heureuse que je saute sur place.

– Tu es le meilleur, Samuel ! dit Min-ah, admirative.

– C'est vrai, bien joué ! le félicite Théo.

Samuel rougit.

– Je n'ai pas fait grand-chose, marmonne-t-il. C'est Rebecca qui a eu l'idée des balades et qui a trouvé les photos. On n'est même pas sûrs que ça suffira à faire changer madame Duval d'avis.

Il a raison, mais j'ai de nouveau de l'espoir. Si un autre parc animalier a réussi, je suis sûre qu'on pourra le faire aussi.

Après tout, le zoo de l'Arche est le meilleur zoo du monde !

Chapitre 10

Gaja regarde les manchots nager dans leur bassin, la bouche ouverte et les yeux écarquillés. Théo tire sur ma manche.

– Regarde comment elle agite les oreilles. Elle est trop mignonne !

– Je sais, elle a l'air super contente ! je m'exclame. Je ne pensais pas qu'un éléphant aimerait autant les autres animaux.

Ça fait maintenant une semaine que Gaja a droit à une promenade hors de son enclos tous les jours. Pour l'instant, elle la fait après la fermeture et en présence d'un spécialiste du zoo de Zurich venu nous aider. Elle est très sage. Le père de Samuel voudrait qu'elle puisse aussi rencontrer les visiteurs dans quelque temps. Mais il ne faut pas aller trop vite.

En tout cas, elle va déjà mieux. Aujourd'hui, elle a pu rester dans son enclos pendant la journée et elle n'a rien lancé sur personne.

Observer d'autres espèces l'intéresse beaucoup. Ce sont les poissons qu'elle préfère. Elle pourrait passer des heures devant notre immense aquarium pour les regarder.

Avec l'aide du zoo de Zurich, notre zoo fait aussi de nouvelles installations dans son enclos et celui des cinq autres éléphants.

AQUARIUM

Je suis vraiment heureuse pour eux… mais surtout pour Gaja.

– Je savais qu'elle pouvait le faire, je dis. C'est la meilleure éléphante d'Asie du monde.

– Tu sais qu'il y en a cinq autres au zoo ? me taquine Théo.

– Oui, c'est terrible de faire du favoritisme. Je vais tout leur répéter, ajoute Min-ah.

Je leur tire la langue.

– J'aime tous les éléphants. Mais c'est elle la plus parfaite et c'est tout !

Soudain, Min-ah regarde autour d'elle.

– Tiens ? Où est passé Samuel ?

Je grimace. Il a encore disparu sans dire un mot au milieu d'une conversation !

– On n'aura qu'à le chercher plus tard, dit Théo en regardant l'heure sur son téléphone. En attendant, on a le temps d'aller manger une glace. Il n'est pas encore trop tard.

Je secoue la tête.

– Désolée, je dois rentrer : Iago m'attend. Et si ça vous dit, on pourrait se retrouver chez moi samedi, plutôt qu'au zoo… il serait content de voir du monde. En ce moment, il apprend à compter.

– Il est vraiment très intelligent ! dit Min-ah. Il faut que je vienne voir ça !

– Moi aussi… tu crois qu'il pourra faire nos exercices de maths quand il aura fait des progrès ? demande Théo.

Je me mets à rire. J'aimerais bien que Iago travaille à ma place ! Mais en attendant, j'ai retenu la leçon : même si le zoo et mes amis humains sont très importants, je dois garder du temps pour Iago… et finir mes devoirs à l'heure (au moins quand il n'y a pas d'urgence au zoo).

Comment amuser un éléphant seul ?

par Rebecca

Dans la nature, un éléphant est très occupé. Il doit chercher de la nourriture, défendre son territoire, échapper à ses ennemis, élever des petits et se faire des amis éléphants.

Dans un zoo, il n'a pas à faire la plupart de ces choses. Alors, il s'ennuie. Un éléphant qui s'ennuie va avoir tendance à rester immobile en balançant la tête. Ou, pire, à attaquer les gens et les animaux !

Le mieux, c'est d'avoir un gros groupe d'éléphants dans un très grand territoire. Mais quand ce n'est pas possible parce qu'on a une Gaja grincheuse, il faut trouver d'autres solutions.

Pour ça, il faut avoir plein de choses dans son enclos : de l'eau, de la boue, des arbres... On peut aussi lui donner des jouets comme des pneus de voiture ou de grosses branches d'arbre.

On peut essayer de rendre plus difficile l'accès à la nourriture. De cette façon, l'éléphant doit faire des efforts pour l'obtenir et ça l'occupe.

Quand c'est possible, la meilleure occupation pour un éléphant solitaire est de se promener. Ça lui permet de voir et de sentir plein de choses différentes. Il va aussi faire de l'exercice et rencontrer plein de nouveaux amis !

Ce n'est pas toujours simple, mais avec un animal gentil et calme, on peut y arriver. Et comme ça, on a une Gaja plus détendue et des visiteurs ravis de la voir de près !

Retrouve Rebecca et ses amis dans d'autres aventures !

Direction de la publication : Sophie Chanourdie
Édition : Magali Corbel
Mise en pages : Graphicat
Fabrication : Rebecca Dubois

21, rue du Montparnasse – 75006 Paris
ISBN : 978-2-03-597613-0
Imprimé en Espagne par Unigraf
Dépôt légal : avril 2021
325419-01/11043181 – mars 2021

PAPIER À BASE DE FIBRES CERTIFIÉES

LAROUSSE s'engage pour l'environnement en réduisant l'empreinte carbone de ses livres. Celle de cet exemplaire est de : 200 g éq. CO_2
Rendez-vous sur www.larousse-durable.fr